AF561038

Ivette Coronado

TAN SOLO PALABRAS

Ilustraciones: © Paula Bernal Carro (Paüla Noidat)
www.paulanoidat.com

ISBN papel: 978-84-686-4484-4
ISBN digital: 978-84-686-4488-2

Impreso en España

Editado por Bubok Publishing S.L.

Tan solo palabras

Ivette Coronado

Luna.

I

Y cuando por fin se decidió a levantar la vista del suelo, se dio cuenta de que no había nada a su alrededor, sintiendo a su espalda el frío susurro que solo el bullicio de la gran ciudad sabe darte, gritándole lo evidente.
Ya empezaba a escuchar de nuevo esa chirriante voz en su cabeza.
Ya extrañaba los ojos grandes y brillantes de alguien que jamás volvería a ver, y empezaba a debatirse entre su impulso de volar y la razón de aguantar.
Siguió caminando.
Le gustaba sentir como aquellos blandos cristales verdes con olor a vida, le perforaban el alma herida que vendría arrastrando desde que tenía uso de razón a través de la piel de sus pies descalzos.
Como cada día, recorría senderos soleados bajo la atenta mirada de buitres hambrientos de plástico.
Recordaba una y otra vez las palabras de rendición que la dama negra expiraba en un encuentro casual como si de una balada a la muerte se tratara.

Sin fuerzas para debatir, para opinar, para decidir, dejó que su mente pensase por sí sola. Prefirió seguir su camino con la cabeza alta.

Quizás durase demasiado su optimismo, quizás no era su costumbre levantar la mirada, o quizás se hartó de escuchar discusiones de un lado y otro de su cabeza.
Detuvo su camino.
Por un momento quiso callar tanto disturbio.
Dejó descender poco a poco su mirada y no forzar más sus cansados ojos.
Se sentía más feliz así.

II

Si vieran lo que realmente es.
Que no hay sonrisas,
que no hay valor,
que no existe calor.
Que en su mirada
no existen ni brillo ni color.

Si supieran quién es.
Que no hay niña feliz en su interior.
Que tras el amor que se ve
no late la pasión.

Que no existe esa bella flor.
Que lo que queda, solo son cenizas
de algo que hace tiempo ya murió.

Si entendiesen lo que ven,
verían lo que realmente es.

Que lo que queda es un ser vacío.
Que no le quedan sueños por renunciar.
Que lo que queda es un ser perdido
que ni sabe por qué debería luchar.

Que solo queda una raquítica figura de alma
hundida
mirando a ninguna parte
frente a un reflejo de cara lánguida,
extrañando lo que debería ser,
lo que debió haber sido,
y ya no será.

III

MÁTAME
PERO CON TUS BESOS.
ACARÍCIAME
PERO CON TUS OJOS.

ENVENÉNAME CON TU CUERPO.

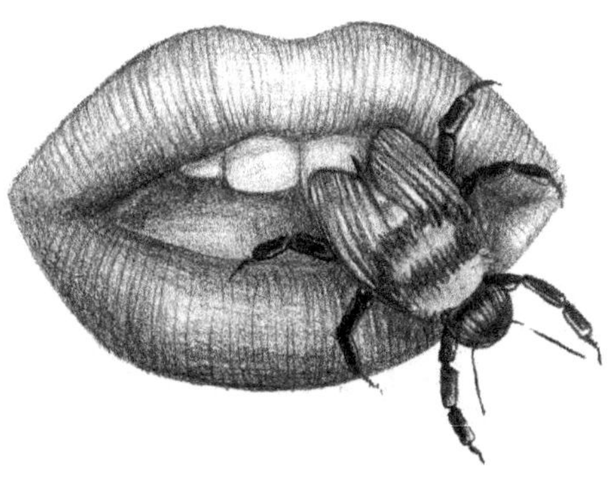

IV

Sudores fríos.
Miedo a flor de piel.
Aventurarse a lo desconocido.
Conocer un mundo perfecto.
Despertar en ese anhelado sueño
con olor a miel.

V

Miles de errores,
millones de malas decisiones
y muchos dolores.
Nunca cambiaría nada de eso
por un sendero lleno de rosas
y falsas ilusiones.
Me da igual como termine mi camino.
Me dará igual todo,
mientras recuerde que la felicidad
ha vivido conmigo.

VI

Y son tus ojos mi luna,
mi única luz en tanta bruma.
Y son tus manos mi ternura,
mis lazos entre la penumbra.
Y son tus pisadas mi guía,
mi salida a un nuevo día.
Y es tu sonrisa mi alegría,
mi fuerza y mi agonía.
Y es tu voz mi consuelo,
mi sueño de gloria en este duelo.

Y que nunca me falte tu mirada
y que no te falte mi mirar.
Y que nadie te impida volar
y que nadie me quite tu triunfar.
Y poder seguir tus huellas,
que son mías,
entre piedras
a una vida
marcada por la tenue harmonía,
que victorioso,
alcanzarás algún día.

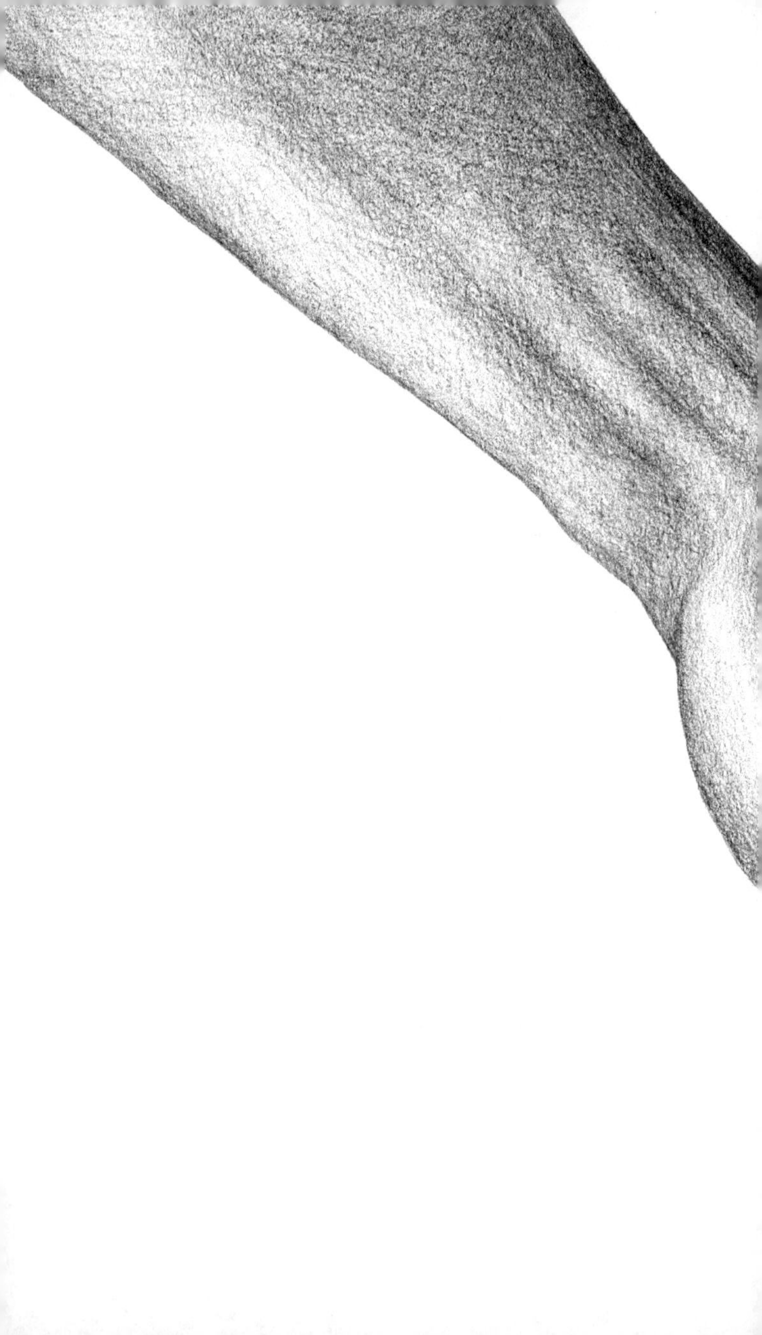

VII

Disculpa mi egoísmo al querer ser
aunque sea
Una sombra de tu imaginación.
Pues tengo a mis pies la felicidad
y tengo a mis pies el cielo,
pero tú,
tú me tienes rendida a tus pies.
Gritando cuánto te quiero.

VIII

Cuánto daría por no ver nunca tu adiós.

Lo que daría por verte eterna.

Daría lo que no tengo por estar siempre
a tu sombra.

Lo daría todo por jamás verte partir.

Que no daría por asimilar que no podré tenerte
aquí por siempre.

IX

Estoy ciega.
No te veo.
Estoy muda.
No te hablo.
No puedo.
Estoy sorda.
No te escucho.
¿Qué me pasa?

No puedo sentirte.
Estoy sin sentidos ante ti.
¿Qué te pasa?

No quiero verte…
No quiero hablarte…
No quiero escucharte…

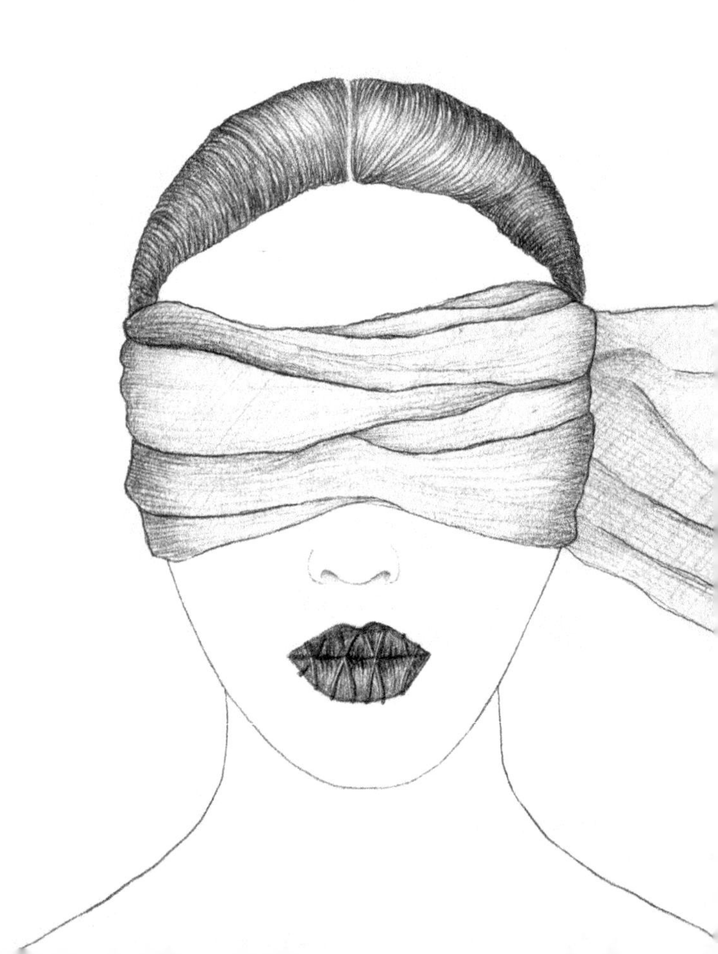

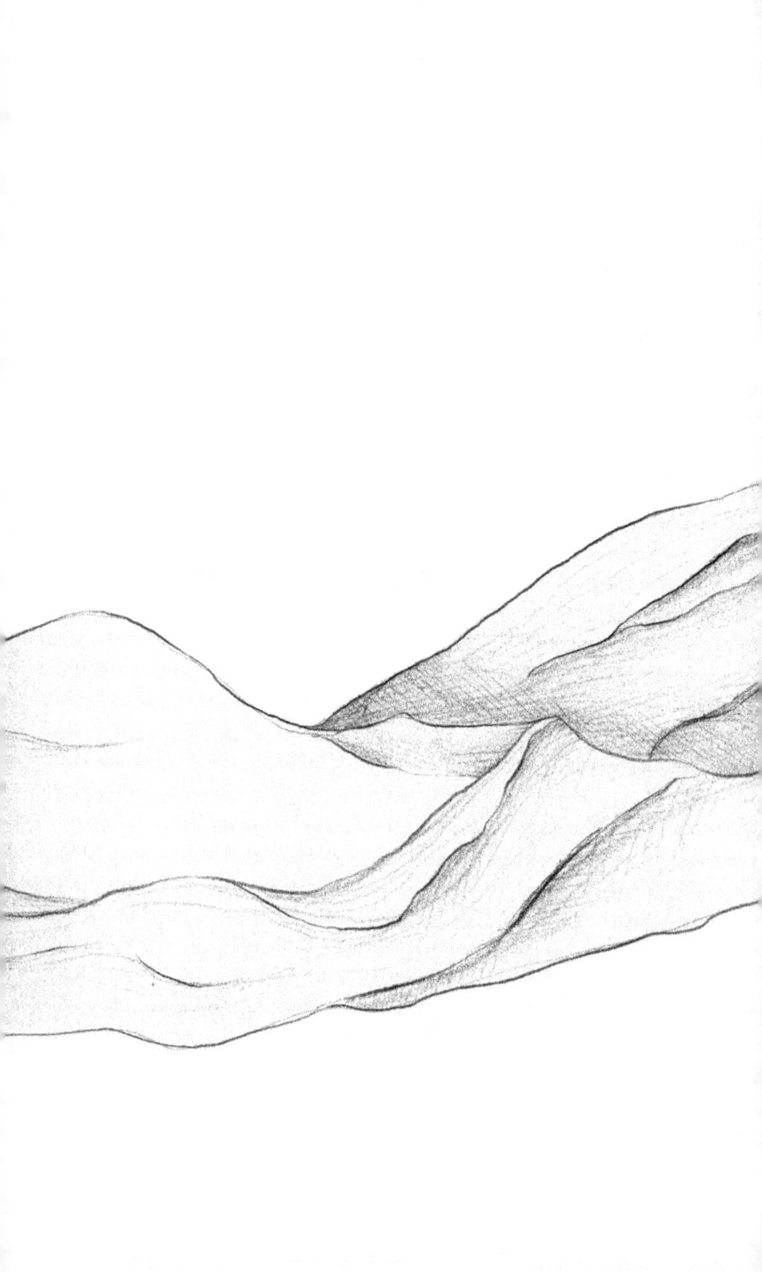

X

Tiemblas por temor
infundado por las dudas.
Lloras por temor
lágrimas de hielo
que expresan tu pasión.
Sonrisas de sangre
demostrando tu valor.

Perfecto en tu sufrir.
Perfecto es tu rencor.
Machaca tus ideas.
Destruye todo tu amor.

Inseguro en tu camino.
Alegre es tu rubor.

¡Dios!
Qué es este sentimiento putrefacto
que arrugado me arranca el corazón.

XI

Pensarte tanto hace que te adore.
El quererte tanto hace que te añore.
Extrañarte tanto
hace que siempre te tenga en mente.

Vivo en la espiral inerte
de un círculo vicioso
que sin ti me obliga
a sentirme invidente.

XII

Sola en su soledad,
la única que jamás la abandonará.
Sabiendo que si no hay nadie más,
nunca la podrán dañar.

Gritando para sus adentros
una única verdad.

Esperando una respuesta
en la tarde soleada de un gélido desierto.

Sabiendo
que cuanto más intenta encontrarse,
más se pierde.

Perderte a ti
es perderse ella

Y cada segundo que pasa,
está más perdida
en esta pequeña caja
llena de dudas y rutina.

XIII

Pasarán los días
y al darme cuenta de la lejanía de tu pecho
sentiré
que ya no puedo respirar.
Y es que ya no son las ganas de confesar.
Ya es necesidad.

Que por tener tu amor
Me enfrentaría a un mundo
Borraría sombras
Inventaría historias.
Por sentir tu amor
Pactaría al diablo
Prendería mi alma
Me perdería a solas.

Y anunciaré mi agonía en esta vida fría,
sin tus besos tan vacía,
implorando tu pasión.

Ese fuego de tu boca
que me grita sin querer
que te ame sin control.
Y sin darte cuenta que por quererte

no tendré tu amor.

Veré pasar los días
hasta desfallecer mi corazón.
Solo por alcanzar tu amor.

XIV

Mientras la noche sea de la luna
seguiré soñando el compartir contigo
cada una de mis locuras.

XV

Las vivencias más fogosas son las más fugaces e inolvidables, no tanto por la pasión, más por el inmenso mar de mentiras que las rodea a cada instante. Un mar de secretos, un mar de emociones.
Soñando despiertos cada minuto que el gozo de un sueño vivido en sus cuerpos, no lleva grabado entre brasas la palabra dolor.

XVI

¿Hace cuánto no sientes esa presión en el pecho
que te impide inspirar tan hondo, que al expirar,
te pueda salir una espontánea sonrisa?
¿Hace cuánto no sientes esa perenne
preocupación de asfixia?

XVII

Luz de mis sombras,
que apagas mis notas y enciendes mis lunas,
recuerda por siempre que un te quiero tuyo
mi alma enciende y abruma,
Como un sol helado
que sin quererlo ya ni calienta ni ayuda,
esperaré en lo alto
a que nuestras vidas solo sean una.

XVIII

Y ahí tirado
el puñal de lágrimas que atravesó su dicha
anudado por la rabia.
Más frágil
que el capullo debilitado de una extraña rosa
marchita luchando por respirar.
¡Que alguien me la abandonó!
En esas malas horas
¡En esos largos meses de invierno!
Coleccionaré espinas
para complacer su clamor.

XIX

MIRARTE HOY A LOS OJOS
COMPENSARÁ CUALQUIER MOMENTO
DE SOLEDAD PARA EL MAÑANA.

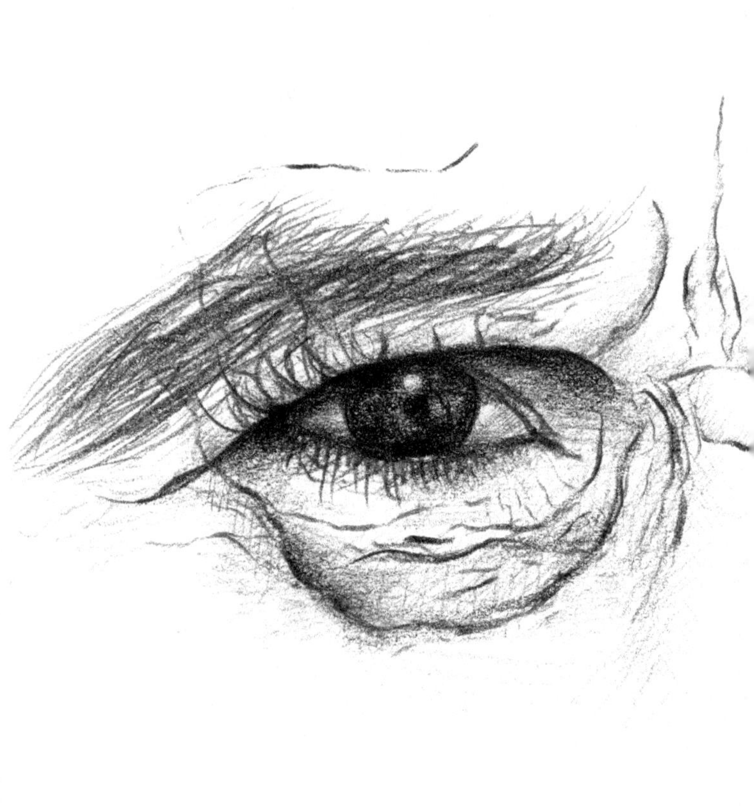

XX

Fuerte es el sentir.
Fuertes son las balas.
Tan fuertes son tus ojos,
tan fuerte tu mirada,
que junto a tu sonrisa
siempre me matan.

Mas siento en tu sentir
tan veneno tu desprecio.
Mas amo tu latir
mientras sufro tu silencio.

Si ya me matas cuando callas,
si aún fuerte es mi sufrir,
si aún con tanta saña
echas tu veneno en medio de mi alma,
nunca podré decir
que el sufrimiento me maltrata.

XXI

Mi pequeña mariposa,
qué haces en esta sala oscura tan sola
dando vueltas a la misma flor.
Ya muerta sin fervor.

Avivando tus ojitos cristalizados en su ardor.
Oprimiendo tus alitas
ya experimentadas sin ilusión.

Abre la puerta y echa a volar,
busca en un nuevo camino la felicidad.
No mires atrás.
Muérdete los labios sin sentir quemazón.
Que aún ensangrentados
puedan escribir en el aire

"AQUÍ ESTOY YO".

XXII

EL EGOÍSTA SIEMPRE SERÁ MÁS FELIZ
QUE AQUEL QUE SE PREOCUPA POR TI.

XXIII

Niño feliz,
alegra a tu mamá.
Abrázala muy fuerte
y alegra su mirada.
Devuélvela el brillo que tenía en la cara.

Niño feliz,
sonríele a papá.
Coge su mano
y ayúdalo a avanzar.
Dale la fuerza que necesita para luchar.

Niño feliz,
pídele a tu osito
que os guíe en vuestro nuevo vivir.
Dile que no quieres ver mas charcos carmesí.

Niño feliz,
olvida lo visto.
Olvida lo vivido.
Y vuelve a jugar
a saltar en una pierna y a cantar.

Niño feliz,
por favor,
nunca te olvides de reír.

XXIV

Que cosa tan curiosa el corazón,
que de su odio nace el querer
que se le puede tener a una persona
amándola tanto,
hasta nunca perecer.

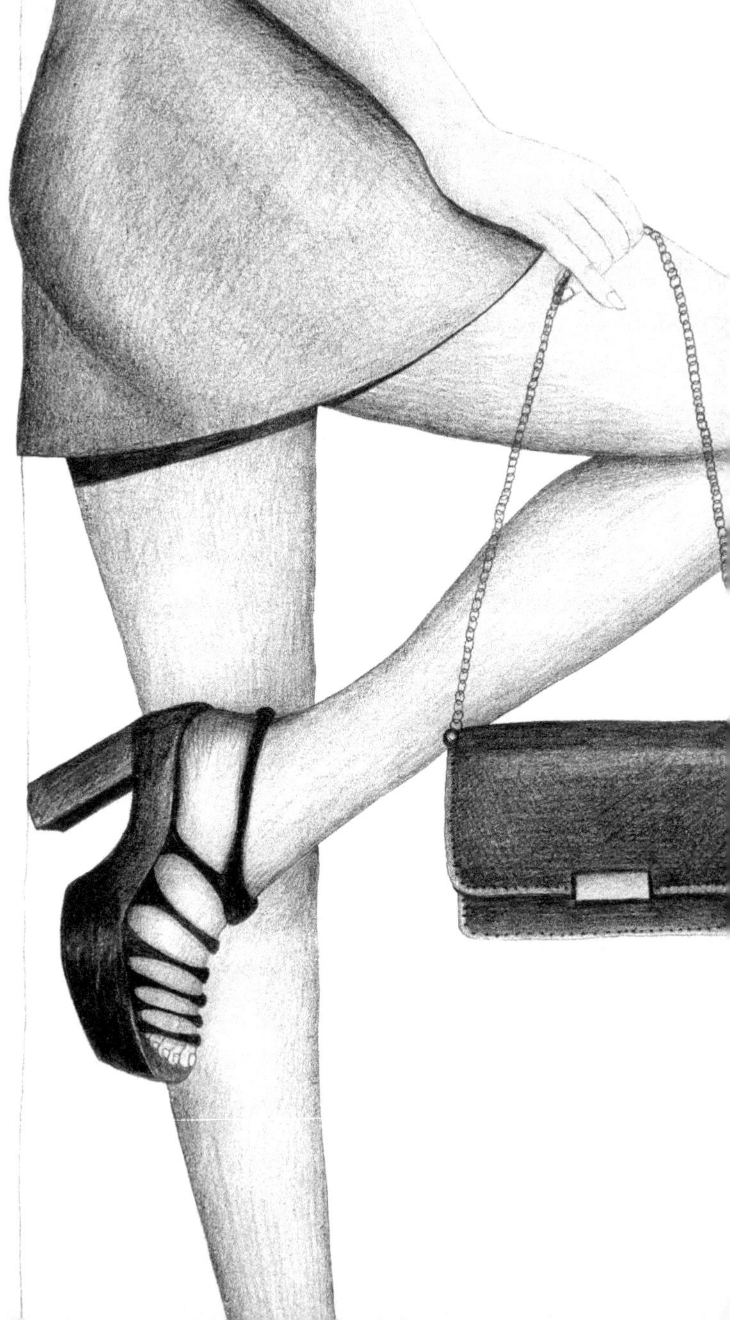

XXV

Toda una vida apostada por ilusiones.
Ilusiones apagadas por la estela de rencores.
Rencores infundados por amor.
Amor invisible jugado sin valor.
Valores sin precio vendidos al mayor postor.

Regalaste tu sonrisa a quien no te dio calor.
Tus manos de seda quemadas en sudor.
Los tiernos labios que visten tu rostro
inspiran vistas celestiales bajo luces de neón.

Quizás, no muy tarde,
de tus ojitos dejemos de ver diamantes
enfriando tu piel al caer.

XXVI

En el olvido de tu marcha
siento las espigas del adiós
bajar por mi garganta
Dolor
Dolor
Dolor
Dolor por un amor
Amor
Amor
Amor
Amor sin corazón
Imposible de olvidar
Mas posible de vivir
Toca vagabundear
Intentar que vuelva a latir
Déjame olvidarte
Déjame olvidarte
Déjame olvidarte
Déjame volver a sonreír.

XXVII

A ellos no les gusta mi mundo.
Ese mundo que tanto extrañé. Ese mundo ideal.
Ese mundo que se clavó en mis entrañas y del
que ya no puedo escapar.

Y siguió mirando al suelo…

www.ingramcontent.com/pod-product-compliance
Lightning Source LLC
LaVergne TN
LVHW010434230826
846092LV00009BA/1160

* 9 7 8 8 4 6 8 6 4 4 8 4 4 *